Lütte Peng

Peng-Gedichte

novum pro

www.novumverlag.com

Bibliografische Information der Deutschen Nationalbibliothek:

Die Deutsche Nationalbibliothek verzeichnet diese Publikation in der Deutschen Nationalbibliografie. Detaillierte bibliografische Daten sind im Internet über http://www.d-nb.de abrufbar.

Alle Rechte der Verbreitung, auch durch Film, Funk und Fernsehen, fotomechanische Wiedergabe, Tonträger, elektronische Datenträger und auszugsweisen Nachdruck, sind vorbehalten.

© 2015 novum Verlag

ISBN 978-3-99048-296-4
Lektorat: Marianne Günther
Umschlagfoto:
Amandee | Dreamstime.com
Umschlaggestaltung, Layout & Satz: novum Verlag

Gedruckt in der Europäischen Union auf umweltfreundlichem, chlor- und säurefrei gebleichtem Papier.

www.novumverlag.com

Inhaltsverzeichnis

Pfeifer 7
Gesundheit 9
Glaube 11
Gedanken 13
Paradies-Äpfel 15
Der Patient 17
Ewigkeit 19
Jogging 21
Richter 22
Das Übermaß 23
Erfolg 25
Misserfolg 26
Erfinder 27
Der Radarschirm 28
Streitkultur 29
Die Differenz 31
Vor-Nachteil 32
Die Analyse 34
Glück 37
Wegweiser 38
Wie geht's? 39
Auf- und Abstieg 40
Holographie 42
Die vierte Dimension 44
Kränkungen 46
Abschied 47
Wellen 49
Das Prinzip 50
Hilfe 52
Die verlorene Einsicht 53
Sein und Werden 55
Probleme 56

Ein Sommertag	57
Die Zeitung	58
Frieden	59
Urlaubsfrieden	60
Die Reise	62
Mäuschens Ende	63
Rache	64
Der Homöopath	65
Das Horoskop	66
Begegnung	67
Freundschaft	68
Genutzte Zeit	69
Ein Ignorant?	70
Gegensatz	71
Ihr Lieben ...	72
Liebe	73
Teamarbeit	74
Der Star	75
November	76
Mai	77
Zeit	78
Das Ruhekissen	79
Ärger	80
Geheimnis	81
Menschenkenntnis	82
Knigge	83
Personal	84
Guter Rat	85
Reziprokes	86
Kunstverstand	87
Singen	88
Das Lebenswerk	91
Die verschwiegene Mehrzahl	94
These, Antithese, Synthese	95

Pfeifer

In Hameln geht die Sage
vom Pfeifer und der Rattenplage
und nun hört man von den Leuten,
man muss die Sage anders deuten.

Sitzen Menschen mal in Nöten,
braucht man nur ihr Wunschlied flöten.
Und dann zeigt uns diese Kunst
all die Pfeifen unter uns.

Wenn so die Gesetze reifen,
kannst Du sicher darauf pfeifen.

Wenn sie Halbwissen gefressen,
sind Pfeifen mehr als nur besessen
und diffamieren ungelenk
jeden, der da anders denkt.
Und fühlen sich als die Elite
mit der größten Pfeife in der Mitte.

Denn in einem Pfeifenreich,
da pfeifen alle Pfeifen gleich.
Und stoßen sie auf Kontrapfeifen,
gleichen sie sich alle bald als Leichen.

Du wurdest heute angepfiffen?
Dann hast Du mich wohl begriffen!

In der Politik: Wunschlieder pfeifen – um Wahlstimmen einzufangen – die der Wähler mit einem 10-fach höheren Betrag selber bezahlen muss – 90% der Kosten bleiben im System hängen.

Ideologen: die vergessen haben, dass sie unvollkommen sind, keine sichere Erkenntnis haben können, aber diese vortäuschen und Mitläufer in die Irre führen.

Gesundheit

Kiwis, Birnen, Apfelsaft,
auch die Pflaumen geben Kraft.
Und ich schreib auf meine Fahnen
Kefir, Joghurt und Bananen.

Volles Korn, gut eingeweicht,
nur mit Wasser, sonst entweicht,
obwohl Du doch diszipliniert,
Dir ein Furz ganz ungeniert.

Karotten, Knoblauch und Salate,
Yoga-Übung auf der Matte,
täglich eine ganze Zwiebel
empfiehlt Dir die Gesundheitsbibel.
Auf dass das Fit-sein Dir gelingt,
merke Dir – Gesundheit stinkt.

Täglich tausend Meter laufen,
danach sollst Du Säfte saufen
und beileibe nicht vergessen,
Reben sollte man nur essen,
wie die „… Bibel" wissen lässt,
möglichst vor dem Gärprozess!

Die Gesundheit ist ein Segen,
keiner blieb bisher am Leben!

Wir sind erst am Anfang der Gesundheitslehre. Gesundheit hat nicht nur mit der Ernährung zu tun, sondern auch mit der Hygiene des Körpers und insbesondere mit der Hygiene der Gedanken – des Geistes.

Im weitesten Sinne ist auch die Gerechtigkeit eine Art Gesundheit und die Ungerechtigkeit eine Art schlimme Krankheit.

Wir sollten uns bemühen, die Gesundheit als eine allumfassende Aufgabe zu begreifen und den Gemeinschaftskörper in die Gesundheitslehre mit einbeziehen.

Glaube

Am Apfelbaum hing eine Traube
und in der Gartenlaube
saß Gärtner-Meister Kunibert
und sagt, dass die dort hingehört.

Und ich wende schüchtern ein:
„Da müsste doch ein Apfel sein!"
Da sagt er mir doch unverhüllt,
dass mir der rechte Glaube fehlt.

Er glaube an den Glauben
und ließ sich den nicht rauben.
So hat's der Herrgott eingericht'
und ohne Glauben geht es nicht!

Er schenkte mir vom Apfelwein
einen großen Schuck dann ein
und nach dem dritten großen Glas
macht auch mir das Glauben Spaß.

„So", sagt er, „hat jeder Recht,
ohne Glauben hast Du Pech.
Der and're, der an Gott geglaubt,
hat gar ein Engel abgestaubt,
lebt weiter und nicht schlecht.

Was Du glaubst, das wirst Du eben
hier wie dort erleben.
Und willst Du einmal auferstehen,
glaub nur dran, Du wirst schon sehen.

Glauben, das ist Dein Problem!"

Unterstellen wir einmal, dass nur das passiert, woran wir glauben. Die Frage nach dem Leben nach dem Tod ist dann nicht zu beantworten. Es wäre also das Glaubensproblem eines jeden Einzelnen.

Gedanken

Niemand hatte mir versprochen,
dass ich einmal leben werde.
Habe ich auch nichts verbrochen,
sterbe ich hier auf der Erde.

Ich weiß auch nicht, wie mir geschah,
plötzlich war ich einfach da
und voller Ehrfurcht merkt' ich bald:
Das war höhere Gewalt!

Elterliches Stirnerunzeln
ernte ich auf meine Frage,
ein geheimnisvolles Schmunzeln …
war'n wohl ein paar schöne Tage?

Ich muss es nebenbei erwähnen:
„Geliehenes kann man wiedernehmen?"
Manchmal wird mir richtig schlecht,
wenn ich denke, ich wär' weg!

Darum nutz' ich jede Stunde.
Schmeiße einen in die Runde,
hör' von der Kanzel frohe Kunde,
führ' Oblaten mir zum Munde,
Messwein rinnt durch meine Kehle.
Ergötzen soll er meine Seele
und ich erhalte meinen Segen …

… Und stehe doch allein im Regen!

Bin ich wirklich ganz allein?
Das kann eigentlich nicht sein!
Denn jemand wollte, dass ich lebe
und dieses wieder von mir gebe.

Na, irgendwann lerne ich das „EINE"
mal kennen, wie ich meine!

Vergessen wir vielleicht zu oft, dass unser Leben ein Geschenk ist? Ein Geschenk, das uns niemand versprochen hat? Ein Geschenk, das wir zurückgeben müssen?

Paradies-Äpfel

Man fragt sich oft: „Ach, wie gediegen,
zwei Äpfel haben uns vertrieben …?
Hat sich der Apfelbiss gelohnt …
… gezeigt, wo die „Erkenntnis" wohnt?

Der eine Apfel will uns sagen,
dass wir „Null-Erkenntnis" haben.

Der andere blieb ja auch nicht heil
und lehrte uns vom „Gegenteil",
dass es die „Erkenntnis" gibt,
drum machten wir uns unbeliebt.

Das Wissen nun um diese beiden
war Grund genug, uns zu vertreiben.

„Null-Erkenntnis" muss probieren.
Wir nennen es ganz stolz Studieren.
Doch die Natur, in der wir leben,
folgt schon lange solchen Wegen.
Versuch mit Irrtum und Erfolg
erzeugt die „Vielfalt", die gewollt.

„Erkenntnis" hat Versuch nicht nötig,
drum ist das Gegenteil nur möglich.

Es ist der Gott oder das „EINE",

drum sind wir alle nicht alleine.

Die beiden Erkenntnisse, dass wir keine Erkenntnis haben, unvollkommen sind und dass es immer ein Gegenteil gibt, haben uns die sichere Überzeugung gebracht, dass es einen Gott gibt.

Das ist der Ursprung aller Religionen.

Die Vielfalt, die wir erleben dürfen, entspringt der Unvollkommenheit – aus Versuch mit dem Irrtum oder dem Erfolg als Ergebnis und diese Ergebnisse führen wieder zu einem weitergehenden Versuch mit dem gleichen Ergebnis – eine unendliche Kette der Evolution.

Das Wissen und die absolute Erkenntnis gehört aber Gott. Er benötigt keine Versuche.

Der Patient

Vom Patienten kann man lernen,
Demut und Geduld zu üben.
Ein wenig Heilung bringt ihm Frieden,
wenn die Schmerzen sich entfernen.

Belehre mich – nun fang schon an!
Wie erträgst Du Deine Schmerzen?
Geht es nur mit starkem Herzen?
Irgendwann bin ich doch dran!

Sage mir, wie man es schafft,
täglich Heilung zu erhoffen?
Wie viele Fragen bleiben offen?
Woher nimmst Du diese Kraft?

Furchtlos trittst Du der Gefahr,
die in Deinem Körper wohnt
und Dich keineswegs verschont
entgegen, als ob da gar nichts war!

Woher nimmst Du diesen Mut?
Woher nimmst Du diese Stärke?
Gibt Deine Seele Dir die Härte,
wenn Du sagst: „Es geht mir gut"?

Dabei rahmt dann Deinen Mund
ein sanftes Schmunzeln und ein Lächeln.
Lass mich ein wenig Kühlung fächeln,
denn ich bin hilflos und gesund!

Und dann gib mir Deine Hand.
Auch wenn wir nicht gehen können,
schreiten wir und laufen, rennen
in ein weites, fernes Land.

In diesem Land, fühl' ich beklommen,
musst Du mich als Blinde(r) führen,
öffne mir dort alle Türen!

Wenn dann meine Zeit gekommen,
hätt ich gerne Deine Würde.
Für die allerschwerste Bürde
möcht ich Deine Stärke dann.

Belehre mich – nun fang schon an!

Es gibt in den Krankenzimmern der Welt unzählige stille Helden. Als gesundem Menschen fehlt uns oft diese gewaltige und große Demut und Geduld des Patienten. Wir sollten nicht aufhören, in diesem Punkt vom Patienten zu lernen, um gewappnet zu sein. Wenn wir aus Dank dafür dem Kranken, Hilflosen und Schwachen unsere Unterstützung nicht verweigern, wird unsere Hilfe so zur eigenen Belohnung.

Ewigkeit

Ich rätsel oft aus Zeitvertreib:
„Wo ist bloß die Ewigkeit?"

Wenn ich Dich ewig lang nicht sah,
denke ich: ‚Nun ist sie da!'
Doch Du kommst dann gleich angerannt
und die Ewigkeit verschwand.

Als kleiner Junge meinte ich:
‚Groß werden dauert ewiglich!'
Doch nun mein ich im Nachhinein:
So kurz kann Ewigkeit nicht sein.

Einen Filmstar hörte ich auf der Straße:
„Keine Zeit – seht dort die Masse!"
Und nun horte
ich die „Fetzen" dieser Worte.

Es vergeht dort keine Zeit?
Dort herrscht nun die Ewigkeit?
Und am Himmel der Milchstraße
suche ich die größte Masse.

Doch zum Schluss bemerk ich doch,
die größte ist ein schwarzes Loch
und kein warmer Sonnenstrahl
entschwindet aus dem finstern Tal.

Seitdem mag ich die Ewigkeit
nicht mehr so sehr, tut mir leid.

Im Bereich großer Massen vergeht die Zeit langsamer. Im Umkehrschluss verläuft die Zeit unendlich schnell, wenn es keine Masse geben würde. Ist sie daher selber Ursache der Masse? Wir haben die „Zeit" noch nicht verstanden – ist sie Ursache aller Dinge? – Sie ist überall zugegen – sie ist wie das „EINE" – überall – und durchdringt alles.

Jogging

Jogging heiß das Modewort
und man sagt uns: „Dieser Sport
fördert Kreislauf und Gelenke!"

Durch den Wald und über Bänke
laufen und auch hüpfen sie,
schon ab sechs Uhr in der Früh.

Man freut sich, wie gesund man ist,
und riecht leicht nach Hundeschiss!

Richter

Überall auf unserer Welt
werden Urteile gefällt.
Wohlgefühl befällt ein jeden,
stets sein Urteil abzugeben.
Er glaubt, sein Urteil hat Gewicht,
wie ein Richter vor Gericht.

Ob in- oder auch kompetent,
er sich als Besserer bekennt.
Ob un- oder gefragt,
er stets sein ungefragtes Urteil sagt.

Erst in- und dann offiziell
bist Du ruck-zuck kriminell.
Und den anderen fiesen Lümmel
lobt man dafür in den Himmel.

Wiederum missfällt es ihm,
wenn sie über ihn herzieh'n.
„Wieso? Steh ich hier vor Gericht?
Ihr seid wohl alle nicht ganz dicht!"

Das ist auch meine Bitte an die „Richter":
Werdet bitte doch ein bisschen dichter!"

Wenn wir wissen, dass wir keine Erkenntnis haben und alles nur Vermuten und Meinen ist, müssen wir dann nicht mit unserem Urteil über andere Zurückhaltung üben?

Wir dürfen uns nicht über andere als Richter erheben. Über einen Verstoß gegen die Regeln des Zusammenlebens haben bestellte Richter zu entscheiden.

Das Übermaß

Wenn man tief im Tale steht
und sieht, dass es nur aufwärts geht,
dann möchte man den Herrgott loben,
denn jeder Schritt, der geht nach oben.

Hat man das Jammertal verlassen,
kann sein Glück noch gar nicht fassen,
drückt man still die Kirchenbank,
lobt den Herrgott voller Dank.

Nun weiß man ja, wie man es schafft.
Es geht bergauf mit ganzer Kraft.
Vergessen ist die große Qual
und der Herrgott tief im Tal.

Je näher man zum Gipfel strebt,
meint man, dass es nur aufwärts geht.
Und im steten Wettbewerb
wird die Kraft sogar verstärkt.

Dass die Steigung so nicht bleibt
und der Berg sich flacher neigt
und die Geschwindigkeit drum steigt,
ist, was den „Experten" freut.

Und plötzlich ist's die gleiche Kraft,
die einem nun zu schaffen macht,
denn hinterm Gipfel geht's bergab.
Das Ziel war kurz – man hat's gehabt!

Man landet wieder tief im Tal,
die gleiche Pein, 'ne and're Qual.
Man leckt sich die zerschund'nen Glieder
und entdeckt den Herrgott wieder.

Vom Angestrebten bleibt nichts heil.
Das Übermaß führt stets zum Gegenteil
von dem angestrebten Gut!
Drum lautet das Orakel klug:

„Nie zu viel,
sei stets dein Ziel"

Das Übermaß führt immer zum Gegenteil des angestrebten Gutes. Das Übermaß wandelt das Gute in etwas Böses. Das dürfen wir nie vergessen.

Darum: „Nie zu viel!" dieses Orakel ist eine sehr wichtige Mahnung, das Übermaß zu vermeiden.

Erfolg

Man kann es nicht bestreiten,
es gibt stets zwei Möglichkeiten.

Wählst Du eine von den beiden,
muss Du Dich erneut entscheiden,
weil es zwei Möglichkeiten gibt.

Manchmal geht's ein „Schritt" zurück,
dann, wenn Du als freier Wähler
merkst, das war ein Fehler,
darum beachte bitte
die Länge Deiner „Schritte".

Doch der Misserfolg ist wichtig,
die andere Richtung ist dann richtig.

Tröste Dich, auch die Natur
sucht sich so die richtige Spur.

So ist der Erfolg gekommen,
obwohl wir doch ganz unvollkommen.

„Allwissende sind ausgenommen",

sagt so mancher Kritiker.
Meint er damit Politiker?

Misserfolg

Einer, der sich nicht bewegt,
weiß nicht, wie es weitergeht,
und weil er drum im Wege steht,
ist es schnell für ihn zu spät.

Er wird zum Opfer seiner Zeit.
Für ihn bleibt nur die Möglichkeit
zur Vermeidung seiner Pleite:

„… schreite!"

Keine Entscheidung ist auch eine Entscheidung. Eine falsche Entscheidung zeigt uns den richtigen Weg. Die Angst, eine falsche Entscheidung zu treffen, ist deshalb unberechtigt, wenn die „Schrittlänge" klein ist.

Erfinder

So manche lieben Menschenkinder
wähnen sich als Großerfinder
und beklagen sich alsdann:
„Man lässt mich leider nur nicht ran!"

„Ich brauche nur ein wenig Geld,
dann beweise ich der Welt,
dass wohl einzig und alleine
nur ich es gut mit allen meine.

Nebenbei, es fehlt nicht viel
zum Perpetuum-Mobil,
und mit manch anderer Idee
ich seit Langem schwanger geh …!"

Und weil solche Schwangerschaft
nicht in Kürze abgeschafft,
stöhnt mancher nur: „Was für ein Hammer …

… bleibt bloß schwanger!"

Das „gesicherte Halbwissen" führt oft zur Überheblichkeit. So werden den Politikern in jüngster Zeit Subventionen aufgeschwatzt, um uralte gescheiterte Entwicklungen zu fördern. Auf diesem Gebiet geschehen insbesondere im Bereich der Erneuerbaren Energie unglaubliche Entwicklungen, die diese im Grunde richtigen Zielsetzungen unnötig sehr verteuern.

Subventionen werden nicht als Anschub-Finanzierung einer modernen Entwicklung, sondern als gute Einnahmequelle begriffen. Produkte, die nur mit Subventionen wirtschaftlich betrieben werden können, sind die Folge. Der Blick in die eigene Kasse ist oft wichtiger als das Wohl der Gemeinschaft.

Der Radarschirm

Ich stelle fest und bin entzückt,
wir haben einen Radarblick.

Unsere Meinung, unser Glaube
schärfen unser geistig' Auge
und wirken wie ein Hebel.

Selbst in dem dicksten Nebel
wird jeder andere durchschaut,

je nachdem, ob man ihm traut,
sieht man Gutes oder Schlechtes,

selten nur, was recht ist …

Denn Radar hat auch dunkle Felder
und eins davon, das ist man selber.

Das ist der Nachteil vom Radarschirm.
Nur selten geht das in ein Hirn.

Streitkultur

Der Rhetoriker lässt grüßen,
von seinem Wissen lässt er wissen
und er setzt ganz ohne Furcht
seine eigene Meinung durch.
Die steht nun im Vordergrund,
geht die Wahrheit auch vor'n Hund.
Die Wahrheit? Die hat er allein gepachtet,
was anderes wird nicht geachtet.

Wichtig ist, beim Kompromiss
er der Größte wieder ist.
Und geht es wieder in die Hose,
sagt der Rhetoriker ganz lose:
„Ich hab das immer schon gesagt!"
Das ist's, was die Rhetorik plagt.

Ich bin darüber sehr betroffen.
Diese „Streitkultur" macht uns besoffen.

Gestern Abend – Whisky pur,
vergaßen wir die „Streitkultur".
Insgesamt waren wir drei,
jeder trug sein Wissen bei.
Keiner war der „Auserwählte",
nur was richtig war, das zählte.

Jeder war ganz unwichtig.
Das Endergebnis? Das war ganz richtig.

Dieses lässt mich wieder hoffen.
So ein Ergebnis – und auch besoffen.

>Und ich frage mich ganz schüchtern
>nach den Erfolgen, wär'n wir nüchtern.

Viel zu oft wird ein Problem als eigene Imagepflege begriffen. Nicht die pragmatische Beseitigung des Problems, sondern die eigene Profilierungssucht steht im Vordergrund.

Die Differenz

Die Enttäuschung und die Freude
werden alle beide
wohl zur gleichen Zeit
von der Differenz erzeugt,
die zwischen der Realität
und der Überzeugung steht.

War sie einmal positiv,
ich „Hurra" vor Freude rief.

War sie negativ zur Stelle,
wünscht' ich den Anderen zur Hölle.

Lernen muss ich mit Geduld:
Die „Differenz" ist eigene Schuld!

Vor-Nachteil

Die „Eule" und die „Nachtigall"
leben stets in einem Stall
in Gemeinschaft und zusammen.
Ich hört' Besucher, die da kamen.
Die fingen lauthals an zu heulen:
„Der Stall ist voll von alten ‚Eulen'!"

Und and're hört' ich fröhlich lallen:
„Alles voller Nachtigallen!"
Und ich dachte mir ganz still:
„Man sieht nur das, was man nur will."

Ist Dir ein Vorteil anvertraut,
dann juble bitte nicht so laut.
Der Nachteil lächelt schon ganz keck
und ist im Vorteil drin versteckt.

Ist Dir ein Nachteil heut begegnet,
weine nicht, als ob es regnet.
Der Vorteil lächelt irgendwo,
such ihn im Nachteil – Du wirst froh.

Die Nachtigall und auch die Eule
sind wohl eins? Die „Nachtigeule"?

Es gibt keinen Vorteil (Nachtigall) ohne einen gleichgroßen möglichen Nachteil (Eule). Es gibt auch keinen Nachteil (Eule) ohne einen gleichgroßen möglichen Vorteil (Nachtigall). Leider wird diese Tatsache durch die Zeitdifferenz zwischen beiden Ereignissen verwischt. Daher ist diese Tatsache nur schwer erkennbar.

Dieses Naturgesetz dürfen wir aber nie vergessen, auch wenn uns einige Ideologen etwas anderes einreden wollen.

Grundsätzlich müssen wir uns bei jedem Fortschritt, der uns einen Vorteil verspricht, immer entscheiden, ob wir bereit sind, den möglichen – gleichgroßen – Nachteil in Kauf zu nehmen.

Die Analyse

Zuerst schrie ich als Kind,
wo denn meine Windeln sind.

Als die Windeln mir zu lose,
kam der Wunsch nach einer Hose.

Kaum war dieser Wunsch erfüllt,
hab ich nach ein Paar Schuh gebrüllt.

Und mit zunehmenden Jahren
wollt ich plötzlich Fahrrad fahren.
Die Beine wurden ganz schön straff.
Der Nachteil war, das kostet Kraft.
Und ich dacht, es wär ganz nett,
wenn ich so ein Moped hätt.

Doch Moped fahr'n und das im Regen …?
Der Autowunsch wurde ganz verwegen …!

Wünsche sind wie eine Kette.
Wenn ich dieses nur noch hätte.
Und wenn es da, schreit man: „Na endlich!"
Morgen ist es selbstverständlich
und übermorgen schon vergessen,
weil man vom nächsten Wunsch besessen.
Bis man vor einer Kiste steht,
mit der es dann schnell abwärts geht.
Vier Strippen noch in andrer Hand,
hängt man auch da am Gängelband.

Alle Wünsche sind doch klein
gegen den: „Gesund und frei zu sein!"

Jeder Wunsch, was ich gern hätte,
machte mich zur Marionette.
Weil jeder Wunsch ein Gängelband
in Deiner und des Nachbarn Hand.

Gestern sagte ich: „Danke – Nein!"
Und erntete „Beleidigsein!"
Ganz verständlich, denn ein Christ
hilft, wo doch zu helfen ist.
Doch wird sein Großmut mal behindert,
spürt man den Zorn ganz ungemindert.

Gestern macht es plötzlich „Schnapp!"
Ich schnitt alle Gängelbänder ab!
Der Wunsch nach Freiheit war zu groß.
Die anderen Wünsche bin ich los.

Das Resultat der Analyse
meiner Wünsche ist nun diese:

„Den ‚größten Wunsch' kann man sich gönnen,
man muss nur verzichten können.
Oder man kann es so berichten:
„Freiheit" heißt wohl auch: „Verzichten!"

Das hab' ich auch dem Glück berichtet:
„Auf Dich wird auch ab heut' verzichtet,
denn ich will Dich nun nicht mehr!"

Nun läuft das Glück mir hinterher.

Der „größte Wunsch" ist und bleibt „Gesundheit und Freiheit".
Für alle anderen Wünsche gilt leider zu oft: Wem „Genug" zu wenig ist, dem ist nichts „Genug".

Wir müssen herausfinden, was für uns „Genug" ist und auf alles andere verzichten.

Täglich versuchen Geschäftsleute oder Fremde, in uns Wünsche zu erzeugen, um uns die „Erfüllung" anzubieten.
   Sich von diesen Gängelbändern frei zu machen, ist der Weg in die Freiheit.

Glück

Ach, man jagt nun Tag für Tag
immer nur dem Glücke nach.
Und bei jedem Einzelschritt
entfernt sich doppelt dann das Glück.

Ermattet bleibt man schon bald liegen,
weil man ganz schön aufgerieben.

„So ist das Glück nicht einzukriegen,
bleib man ohne Glück zufrieden"
… denkt man zurück
dann ganz gescheit.

Da kommt das Glück,
schaut, wo man bleibt!

Es scheint so, dass nur derjenige glücklich sein kann, der auf das Glück verzichten kann.

Wegweiser

Im Herzen weiß das wohl ein jeder:
Wir haben alle unsere Fehler.
Und wenn wer das mal erwähnt,
sind wir manchmal sehr beschämt
und in unserem Stolz verletzt,
obwohl doch dies Naturgesetz
vom lieben Gott selbst festgelegt.

Fehler zeigen uns den Weg!

Selbst die bewunderte Natur
sucht sich so die richtige Spur.
Und Teil davon ist unser Leben.
Na, eben …

Sieht man den Irrtum ganz schnell ein,
bleiben die Fehler klitzeklein
und es kommt, auch ungewollt,
das Glück getrabt und der Erfolg.

Der Erfolg schließt Fehler ein!
Das gehört zu unserm Sein.

Doch am Erfolg möchte man sich laben
und Fehler, die will keiner haben.
Hast Du so Erfolg geordert,
fühlt sich Erfolg sehr überfordert.

Wie geht's?

Gelassen fragt man: „Na, wie geht's?"
Und die Antwort lautet stets,
denn man zeigt sein Seelenhoch:
„Beim letzten Mal, da ging es noch!"

Auf- und Abstieg

Ein Wassertropfen schießt empor,
getrieben von der Kraft im Rohr,
steigt aus der Düse ganz verwegen
mit einer Menge Tropfkollegen
und er findet sich famos,
denn der Schwung ist ziemlich groß.

Er sagt all denen er begegnet:
„Warum ihr alle abwärts regnet …?
Schaut mich an, wie es aufwärts geht!"
Und er denkt: ‚Die sind zu blöd!'
Und mit schlanker Tropfenform
steigt der Tropfen ganz enorm.

Er erklärt mit Wissenschaft,
wie er den Aufstieg so geschafft,
und erntet Lob, Bewunderung
ob seiner Klugheit und dem Schwung.

Der Tropfen schwebt im Tropfenglück,
doch plötzlich steht er, fällt zurück,
denn eine unsichtbare Macht
hat ihn zur Umkehr nun gebracht.
Das spitze Ende zeigt nach oben,
keiner mag ihn nun noch loben,
weil er zu denen nun gehört,
die er grad zuvor belehrt.

In einer großen Wassermasse
verschwindet seine Tropfenklasse.
Und es schießt mir durch den Kopf:

„So geht es manchem armen Tropf!"

Wir Lebewesen sind wie die Wassertropfen, die aus dem Ozean von der Sonne hervorgelockt werden und durch den Auftrieb, verursacht durch die Sonne, aufsteigen, in der kälteren Atmosphäre zu groß und zu schwer werden und durch die Erdanziehung wieder in den Ozean fallen. (In den Ozean der Liebe?) Aus diesem Blickwinkel wirkt jede Überheblichkeit lächerlich und jämmerlich.

Holographie

Ein schönes Bild sah ich im Traum.
Es war ein wunderschöner Baum
mit einem ganz geraden Stamm,
„Stammbaum" stand am Bildrand dran.

Als ich etwas näherrückte
und viele Punkte dort entdeckte,
die, zusammen nun genommen,
zu dem schönen Bild verschwommen,
sah ich, dass jeder Punkt ein Bild
mit dem Stammbaum nun enthielt.
Und ich holte eine gute
zum Vergrößern eine Lupe.

Ich traute meinen Augen nicht.
Jeder Punkt hat es in sich
und bestand aus vielen kleinen
Punkten mit dem Bild, so möchte ich meinen.

Ein Elektronen-Mikroskop
habe ich mir dann geholt
und da sah ich viele Mal
Punkte aus Punkten ohne Zahl.

Jeder Punkt das gleiche Bild,
'ne andere Tönung zwar, enthielt.
Doch ich fand es wunderschön,
alle Bilder anzuseh'n.

Bis in die Unendlichkeit
Punkte aus Punkten weit und breit,
wo geheimnisvolle Kräfte spielten
und diese so zusammenhielten.

Ein kleiner Engel flog daher
und sagte mir: „Das malte ER,
damit es euch gehört.
So ein Bild bleibt unzerstört!"

Jemand hat mich wach gemacht
und gesagt: „Steh auf, halb acht!
Deinen Schlaf hast Du gehabt!
Sonst zieht man Dir ein paar Punkte ab!"

Oh wie grausam ist die Welt,
in der man andere Punkte zählt!

Das Leben lebt im Leben, es scheint eine unzerstörbare Holographie zu sein.

Die vierte Dimension

Albert Einstein meinte schon:
„Für die vierte Dimension
reiche niemals das Gehirn."
Und auf Einstein muss man hör'n.

Darum wird alles reduziert,
damit man doch etwas kapiert.

Stell' Dir vor, auf dem Papier
leben Pflanzen, Mensch und Tier
platt wie die Briefmarken
und waten durch den Garten:

Vor, zurück und hin und her,
denn sie kennen ja nicht mehr,
was oben oder unten ist.
Das wäre für die Platten ganz gewiss
ganz normal,
denn sie sind zweidimensional.

Nun könntest Du als ganz normaler
Mensch, als Dreidimensionaler
von den platten Wesen ein paar heben,
damit sie überm Blatte schweben.
Und es bliebe dann den andern Platten
nichts, vielleicht der Schatten.

Der Verlust wird dann als „Tod" erscheinen
und Du hörst sie voller Trauer weinen.
Ein 2D-Einstein erklärt dann schon:
„Von der dritten Dimension
und dafür reicht kein plattes Hirn!"
Wird man dann auf Christus hör'n?

Die Analogie hilft uns oft, etwas Unvorstellbares zu verstehen.

Alles, was wir in einer dreidimensionalen Welt – 3D-Welt – mit zweidimensionalen Wesen – 2D-Wesen – anstellen können, kann ein vierdimensionales Wesen – 4D-Wesen – in einer dreidimensionalen Welt – 3D-Welt – vollbringen. Unser 3D-Denken und -Wissen reicht nicht aus, um die Möglichkeiten der 4D-Welt zu erkennen und zu erforschen.

Wenn man die 2-D-Welt in einer 3-D-Welt krümmt (z. B. als eine Kugel), kann ein 2D-Wesen immer geradeaus laufen und kommt dort an, wo es hergekommen ist.

Genauso ist es auch in der 3D-Welt, die in einer 4D-Welt „gekrümmt" ist; etwas Unvorstellbares.

Wir können als 3D-Wesen ein 2D-Wesen in die 3D-Welt heben und die 2D-Wesen werden in der 2D-Welt das in die 3D-Welt beförderte 2D-Wesen für tot erklären. Genauso geht es den 3D-Lebewesen in einer 4D-Welt.

Kränkungen

Die Mutter-Bindung wird zerstört
und das Baby schreit empört.

… Denkt später dann in schönen Tagen:
„Hätte ich die Kränkung nicht ertragen,
hätte ich wohl nie gelebt …"

Ob es beim Sterben auch so geht …?

Dann wäre jede Kränkung
eine Schenkung?

Sollen wir die Kränkung so begreifen?
Denn Widerstand erhöht das Schleifen!

Eine Kränkung zwingt den Blick in eine andere Richtung
mit oft viel Gutem auf der Lichtung.

Wir erleben zwischen Geburt und Tod viele Kränkungen. Oft hat man den Eindruck, als wollte uns das Schicksal einen Schubs in die andere Richtung geben.
  Aber im Grunde können wir nicht verstehen, warum ein Lebewesen sterben muss, damit das andere Lebewesen leben kann.

Abschied

Tiefer Schmerz prägt unsern Abschied,
den wir alle nehmen müssen.
Die Vergangenheit lässt grüßen
und singt ihr stimmungsvolles Lied.

Sie singt uns von den Kinderjahren,
von den vier Händen, die uns schützten
vor des Schicksals scharfen Spitzen,
weil wir doch so hilflos waren.

Sie singt uns von dem Übermut,
vom jugendlichen Drang und Mühen,
dem schützenden Nest nun zu entfliehen.
Der Virus Freiheit schwamm im Blut.

Sie singt uns von dem höchsten Glück,
von den Tagen voller Liebe.
Der Himmel wurde niemals trübe,
als käm die Ewigkeit zurück.

Sie singt uns, was das Schicksal lehrte
danach in vielen Lebensjahren.
Immer Demut zu bewahren,
das Schicksal schliff den, der sich wehrte.

Sie singt uns allen, Groß und Klein,
da hilft kein Weinen oder Klagen.
Man muss den Abschied wohl ertragen
und ist mit seinem Schmerz allein.

Sie singt vom Schmerz in Übermaßen,
 von der Bürde schwerem Joch
 und zwingt uns dann am Ende noch,
 das Schwerste auf: „nun loszulassen!"

Wellen

Ich blicke auf das Meer hinaus,
wo sich die Wellen wiegen,
und male mir dann immer aus,
wie diese so verschieden.

Die eine ist drei Meter hoch,
die andere klein gediegen.
Der ander'n schäumt die Krone noch
und prallt dann gegen Rügen.

Als würde jede Welle da
ein eig'nes Leben führen.
Und keine weiß, wie ihr geschah,
dass sie vom Wind herrühren.

Dass jedes kleine Wellenkind
über den Ozean als große Masse
so inniglich verbunden sind,
das find' ich richtig klasse

Vielleicht sind auch die Menschenseelen,
obwohl ich einzeln sie erfasse,
trotzdem wir einzeln rumkrakeelen,
Teil einer großen „Seelen-Masse".

Und das Leben, das wir seh'n,
bewegt vom Lebenshauch.
Wär' ein Seelen-Massen-Randproblem?

Geht's uns wie der Welle auch?

Das Prinzip

Achtung zollt man dem Prinzip,
das alles bietet, alles gibt.
Darum wird es unbesohlt
immer wieder wiederholt.

Durch Wiederholung stark vermehrt,
wird der Erfolg bald umgekehrt.
Vom Siegen hat Erfolg genug.
Das Prinzip geht auch zu Bruch.

Denn wenn stets die Kopie kopiert,
sie an der Substanz verliert,
bis das Prinzip bald ganz verloren.
Der Tod wird immer mit geboren.

Dieses, wenn auch unbeliebt,
ist das ewige Prinzip.

Auch der Mensch, Natur-Erfolg,
vermehrt sich daher Volk um Volk
und hat sich bald aus eigner Kraft
in naher Zukunft abgeschafft;
Es sei denn, der Mensch entdeckt,
dass in ihm ein Verstand noch steckt.

… Das Prinzip: „Das Überleben
soll man nur den Starken geben"
hatte Saurier zum Ziel.
Von denen gibt es auch nicht viel!

Im Verlauf der Evolution hat die Natur aus dem Evolutions-Prinzip: „Versuch mit dem Ergebnis: Irrtum oder Erfolg und wieder Versuch …" gelernt, dass das Prinzip, die „Gerechtigkeit des Stärkeren" mit absoluter Sicherheit am Ende immer zu einem Kollaps führt.

Nur aus diesem Grund hat die Natur einem Lebewesen wie dem Menschen einen Verstand gegeben, um diesem Prinzip mit den fatalen Folgen ein Ende zu setzen.

Der Mensch lebt aber weiterhin nach dem Prinzip der „Gerechtigkeit des Stärkeren". Bisher wurden alle Menschen, die der „Gerechtigkeit des Stärkeren" ein besseres Prinzip entgegensetzen wollten, umgebracht.

Wenn wir aber den Grund unseres Verstandes nicht begreifen, gehen wir, wie alle starken Spezies der Vergangenheit in den vergangenen Jahrmillionen, dem endgültigen Kollaps der Menschheit entgegen.

So sollten wir die „Gerechtigkeit des Stärkeren" durch eine „allumfassende Gesundheitspflege" ersetzen. „Gesundheit des eigenen als auch des globalen Gemeinschaftskörpers!"

Eine neue Wissenschaft!

Hilfe

Bescheiden sei uns stets bewusst,
Hilfe ist ein Regenguss
einer Wolke, die, begründet,
nach dem Helfen schnell verschwindet.

Der Regen hilft ja nicht allein,
es hilft ja auch der Sonnenschein.

Doch die allergrößte Macht
liegt doch in der eignen Kraft.

Daher hilft nur gegen Mangel
nicht „der Fisch", sondern „die Angel".

Die verlorene Einsicht

Kinder sind, man glaubt es nicht,
wissbegierig, fürchterlich.
Sicherlich weißt Du das auch.
Sie fragen Dir ein Loch in' Bauch.
Weil sie noch die Einsicht haben,
bombardieren sie Dich mit Fragen.

Denn die weise Einsicht heißt,
dass man so gut wie gar nichts weiß.

Später sind wir Kinder Hörer,
am Katheder nun die Lehrer
bombardieren uns beflissen
eimerweis mit halbem Wissen.

Mit einem großen Fragebogen
wird danach Bilanz gezogen.
„Bestanden", klingt es in den Ohren.
Nur die Einsicht ging verloren,
dass wir weiter Fragen müssen …
Die Arroganz lässt herzlich grüßen.

Auf die Menschheit losgelassen,
ohne Einsicht, nicht zu fassen,
renn' wir uns die Köpfe ein,
machen andre Menschen klein,
denn man möchte größer sein.
Ob Gelbe, Schwarze, Weiße, Rote,
häufig gibt es dabei auch Tote.

Im Alter dann, oft ganz allein,
kehrt die Einsicht wieder ein
und man denkt, noch leicht lädiert,
wohin Einsicht fehlen führt.
Weil man zu spät die Einsicht hat,
bleibt man still bis an das Grab.
Denn ist die Einsicht mal verloren,
stößt man nur auf taube Ohren.

Sind darum auf diese Weise
diese Verse nur für Greise?

Sein und Werden

Vermuten, meinen, das geht schnell
und ist jeder großen Rede Quell'.

Schwieriger das Wissen ist,
man redet wenig und kein Mist.

Das „Vermuten" und das „Meinen"
gehör'n zum „Werden", will mir scheinen.

Das „Wissen" und „Erkennen"
darf man mit dem „Sein" benennen.

Mag auch die Wissenschaft dagegen wettern,
die „Erkenntnis" gehört den Göttern.

Und so sind auf unserer Erden
alle Menschen nur im „Werden",
die ihre große Klappe zeigen,

denn das „Sein" verführt zum Schweigen.

Probleme

So mancher fürchtet ein Problem
und aus der Furcht, dass es bald käm,
legt er sich ein Konzept zurecht,
doch dabei hat er leider Pech.

Es gibt nun einmal kein Konzept,
das nicht auch Probleme hätt'.

Doch als ein aktiver Mann
packt er auch die Probleme an
und die vermehren sich wie Flöhe,
er kriegt den Kopf kaum in die Höhe.

Und als nun das Problem ankam,
fand es 'nen gebrochenen Mann
und sagt zu ihm ganz mitleidsvoll:

„Du hast ja Deine Hose voll
und stinkst, dass mir die Nase blutet,
Du hast mich viel zu oft vermutet.
Und nur darum lebe ich
einzig und allein für Dich!
An meinem Dasein hast Du selber schuld,
hättest Du doch mehr Geduld!"

Darum warnt man weit und breit
vor dem Leid schon vor der Zeit.
Denn der Rat ist klug:
„Ist es da, ist Zeit genug!"

Oft leiden wir mehr unter einer Vorstellung als unter der Tatsache. Daher ist es oft leichter, die Vorstellung zu ändern, das liegt in unserer eigenen Macht. Die Realität zu ändern, ist oft nicht möglich.

Ein Sommertag

Heute war ein Sommertag,
wie ich ihn ganz gerne mag.
Ich stand auf am frühen Morgen
und hatte keine Sorgen,
weil ich mir einfach keine machte,
und ich freute mich und dachte:
Der Mensch hat genau so viel' Probleme,
wie er sich macht, und wenn er darauf käme,
verteidigt er sein Innenleben:
„Wie, Probleme sollte es nicht geben?"

Hat nicht gestern seine Berta
ihn schlecht gemacht bei Tante Herta?
Tat der Heinz nicht sein Versprechen
schon zum zweiten Male brechen?
Wegen großer Ungeduld
war nicht da der Hugo schuld?
Helfen wollt er mir im Haus
und nun sagte er, es ist aus?
Er hat selbst genug zu tun
und nun muss mein Hausbau ruh'n?
Nun sitz ich da, ich armer Knochen,
mein bester Freund war doch der Jochen.
Doch seit er seine Inge hat,
ist das auch kein großer Staat!
Was hat sie nur aus dem gemacht,
das hätte ich doch nie gedacht …!

Heute war ein Sommertag,
wie ich ihn ganz gerne mag.

Ich bin keinem heut' begegnet,
denn es regnet!"

Die Zeitung

Auf der Leitung sitzt ein Spatz
und er findet diesen Platz
für sich ganz angenehm,
denn die Leitung schaukelt schön.

Da kam ein Kollege,
landet auf dem Wege
unter dieser Leitung
auf einer alten Zeitung;

die war vom ersten Januar
und darin stand ganz klipp und klar
als Inserat der schöne Satz:
„Ich liebe Dich, mein Spatz!"

Verlegen schaut der Spatz nach oben
und ist dann davongestoben,
auch auf diese Leitung,
unter ihm die Zeitung.

Er merkt, dass es eine Spätzin ist,
und hat sie zärtlich dann geküsst.

Daher weiß ich ganz gewiss,
wie wichtig eine Zeitung ist!

Frieden

Soldaten müssen siegen,
denn sie kämpfen für den Frieden,
denn der Frieden ist ein Segen,
dafür opfern sie ihr Leben
und landen dann im Grab
und kriegen nichts vom Frieden ab.

Vielleicht soll man das Kämpfen
für den Frieden etwas dämpfen,
denn wenn keiner siegen will,
wär es wie im Frieden still.
Das ist heute
der Wunsch aller Leute
und alle Krieger
wären Sieger.

So etwas seh' ich ein
und stell schon mal daheim
das „Siegen" ein!

Urlaubsfrieden

Im Urlaub herrscht Frieden,
da sind alle Liegen
und die horizontale
Lage das Normale.

Ganz selten nur,
dass Whisky pur
die Gemüter erregt,
die Faust sich bewegt.

Es kommt auch mal vor,
dass so ein Tor
die Sandburg zertritt.
Für ihn beten wir mit.

Keiner kennt wen
und findet es schön.
Selbst unser Hektor
ist plötzlich Direktor.

Faulheit lebe!
Die kreischende Säge
sei nun vergessen!
Wo bleibt das Essen?

Der Ober im Frack
kommt angetrabt,
fragt höflich: „Mein Herr?"
Du bist irgendwer!!

Oh heile Welt,
regiert vom Geld,
lockt Höflichkeiten,
vermeidet Streiten.

Ewig Urlaub nach Maß,
das wäre ein Spaß.
Auf allen Liegen …

würde Frieden dann siegen?

Die Reise

Ein Wurm, erwischt vom Spaten,
hing plötzlich an dem Angelhaken
und wurde dann von einem Fisch
schwuppdiwupp ganz fix erwischt.

Flog an der Leine aus dem Nass
und landete in einem Fass.
Und gepökelt und mit Salz
passierte er des Anglers Hals.
Und war darauf versessen,
den Angler innen aufzuessen.
Und dieser landete im Sarg …

Nun war der Wurm im andern Park
und dachte sich ganz leise:
„Mensch, das war 'ne tolle Reise.
Doch wie man mit rumgeturnt,
hat mich zum Schluss dann doch gewurmt.

Wenn man sich für den Größten hält,
unterschätzt man oft die Miniwelt.

Im Wurm war eine Phage,
er blieb daher im Sarge.
Die Phage ist verhungert,
das hat mich nicht gewundert.
Das weiß doch jeder Parasit:
„Man frisst nicht auf, sondern nur mit!"

Mäuschens Ende

Die Katze sucht im ganzen Haus
den kleinsten Hausbewohner, Maus!
Doch diese klagt der Kuh im Stall
von der Not in ihrem Fall.
Die Kuh hat dieses gleich gecheckt,
sie mit 'ner Flade zugedeckt.

Da das Suchen für die Katz,
sucht dieselbe an dem Platz
der vorgenannten Offenbarung.
Die Kuh, sie schweigt, sie hat Erfahrung.
Doch aus dem großen Haufen schaut
ein Schwanz heraus, schon leicht ergraut.
Und daran hing die kleine Maus.
Ein Griff, ein Biss und damit aus.

Nicht jeder, der Dich aus der Scheiße zieht,
ist zu Dir danach ganz lieb.

Und weiter die Moral dann heißt:

Nicht jedermann, der Dich bescheißt,
will Dir etwas Böses tun.
Doch sitzt Du in derselben nun,
dann sei ganz still, mach Dich ganz klein
und ziehe Deinen Schwanz bloß ein.

Seit dieser Zeit meint mancher Mann,
es komme auf den Schwanz nur an!

Rache

Ein Apfel hing an einem Zweig,
darin war eine Made.
Sie bohrt aus reinem Zeitvertreib,
und zwar in Rückenlage.

Die Made bohrte bis zum Kern
und fraß die Kerne auf.
Das hat der Apfel nicht so gern
und nimmt das nicht in Kauf.

„Wenn Du mich weiterhin kastrierst",
sagt der Apfel daraufhin,
„werf ich Dich raus, sodass Du frierst,
sonst bin ich selber hin!"

Die Drohung in der Apfelsprache
verstand die Made nicht.
Der Apfel kam dann gleich zur Sache,
die Made sah das Licht.

Vom Baum herab aus großer Höh'
fiel eine Made auf mein Zeh.
Und weil ich unten torkelnd geh,
tat ich der kleinen Made weh.

Auch der Apfel fiel, ich hör es klirr'n,
und hab 'ne Beule auf der Stirn.
Werkzeug war ich seinem Zorn.
Aus Dank dafür hab ich ein Horn.

Darum war ich so versessen
und hab' ihn madenlos gegessen.

Der Homöopath

Er sah in die Pupille.
Ich hielt derweil ganz stille.
Dann sagt der Homöopath:
„Du liegst bald im Grab!"

Ich habe mich empört
beim Optiker beschwert,
weil mein Glasauge
zum Leben nichts tauge.

Das Horoskop

Das Horoskop, das macht mir Mut,
es steht darin „es geht mir gut!"
Hätte ich das nicht gelesen,
wäre ich wohl nie genesen.

Seitdem hab ich die Sterne
für mein Leben doppelt gerne.

In der Zeitung stand daneben:
„So ein Sarg von Heinrich Eben
ist ein Geschenk fürs ganze Leben!"

Und ich denk in stillem Hoffen:
„Diesen Wunsch lass Dir man offen!"

Begegnung

Unzufriedenheit lass nach.
Heute war wohl nicht mein Tag.
Grübelnd geh ich durch die Gassen,
kann den Unmut gar nicht fassen.

„Wie spät ist es?", fragt eine Stimme.
Hab ganz was anderes im Sinne
und ich dreh mich unwirsch um,
sag: „16 Uhr …!" und bleibe stumm.

Vor mir sitzt ein junger Mann,
strahlt mich aus dem Rollstuhl an.
Sagt: „besten Dank", fährt heiter weiter.

Warum bin ich denn nicht so heiter?

Und beschämt lach ich mich aus,
dreh mich um und geh nach Haus.

Freundschaft

Ach, ich habe kein Vertrauen,
denn mein Freund ist abgehauen.
Solang er etwas von mir hatte,
war er lieb mit seiner Klappe.
Doch seit gestern geht's mir schlecht
und seit heute ist er weg.
Ohne Krach und viel Geräusch,
daher bin ich so enttäuscht.
Und auch deshalb so voll Trauer …

Doch um die Erfahrung schlauer:
Du kannst Dich sie'zen oder du'zen,
jede Freundschaft lebt vom Nutzen!

Wenn er trotz Not bei mir bliebe,
wär es nicht Freundschaft, sondern Liebe.

Deshalb hab ich ausgeweint,
denn er war ja nur ein Freund.

Genutzte Zeit

Was Dich heute so empört
und so fürchterlich gestört,
siehst Du, wenn es erst verjährt,
ganz humorvoll und verklärt,
mit einem umgekehrten Wert.

Denn man hört in aller Munde:
„Die Zeit, sie heilt jede Wunde!"
Drum sei der Zeit ein guter Kunde,
verkürz das Leid auf eine Stunde.

Ein Ignorant?

Seine Frau, die Gerda heißt,
ist voll Tatendrang und Fleiß.
Von morgens früh bis Mitternacht
rackert sie so jeden Tag.
Probleme löst sie jederzeit,
dass für ihren Gerd nichts übrig bleibt.

Und er denkt schon jeden Tag
übers „Helfen-Können" nach.
Doch es fällt dem Gerd nichts ein,
„Dein Gehirn ist auch zu klein",
sagt sie zu ihm „der Doofen Motto
ist Dein Hobby – Zahlenlotto!"

Gestern schlug Fortuna zu.
Das Glück fragt nicht nach dem IQ.

Donnerwetter – allerhand.
Ist das Glück ein Ignorant?

Gegensatz

Der Techniker hat nur ein Ziel.
Über wenig weiß er viel
und über noch viel weniger,
sagt so mancher Zyniker,
möchte er viel mehr noch wissen
und keine Kleinigkeit vermissen,
bis er über nichts dann alles weiß!

Der Kaufmann, wie es heißt,
weiß über vieles nur ein wenig
und er fühle sich als König,
wüsst' er über noch viel mehr,
auch wenn es nur ganz wenig wär',
bis er über alles gar nichts weiß.

So ist geheimnisvoll und leis'
durch diesen großen Gegensatz
so manche Firma abgekratzt!

Ihr Lieben ...

aus dem Süden und dem Norden,
die Zeit und wir sind alt geworden.
Unsere Kinder sind nun flügge
und die Brille schielt zur Krücke.

Aus der Ferne und in Ruh
schauen wir deren Treiben zu.
Denn Erinnerungen bleiben
an das eigne wilde Treiben.

Ach, in der Erinnerung
fühlt man sich noch richtig jung.

Gestern war die Erna da
mit der ganzen Kinderschar.

Der Reiter dort aus Porzellan
hat seitdem nur einen Arm.
Beim Unterwasserfilmversuch
ging die Kamera zu Bruch.

Ach, ich kenn mich nicht mehr aus,
nur noch Chaos hier im Haus.
Vogel Hansi sitzt dort oben
und wartet auf den Psychologen.
Und ich hoff, dass dieser Mann
auch mich mal schnell behandeln kann.

Liebe

Liebe braucht die Phantasie,
sonst trifft uns Amors Pfeil nie.

Ist der Pfeil ins Herz gesunken,
sind wir vor lauter Glück betrunken.
Doch der Verstand bleibt dabei heil,
heiler noch als ohne Pfeil.

Denn wo die Liebe geht und steht,
dort herrscht die Normalität.

Wo Liebe das Verhalten lenkt,
lebt das Glück als ein Geschenk.

Doch Liebe hat, so wie mir scheint,
den Irrtum wohl als ärgsten Feind.
Und auch die Selbstverständlichkeit
macht sich oft als Feind mal breit.

Nun, wer seine Feinde kennt,
hat morgens besser ausgepennt.
Und, das höre ich besonders gern,
bleiben diese Feinde fern.

Teamarbeit

Ich bringe Dir das Geld nach Haus,
das gibst Du in dem Laden aus.
Und der Laden, der braucht Strom,
doch den lieferte ich schon.

Den Strom bezahlt er von dem Geld,
das er grad von Dir erhält,
und dieses geb' ich Dir zurück,
zu meinem und auch Deinem Glück.
Ist man gut, dass wir uns haben.
Nun geh man wieder in den Laden.

So wie wir unsere Kreise zieh'n,
sind wir doch ein tolles Team!

Nur wer zu jeder Zeit
sich mag, mag Teamarbeit.

Der Star

Für viele Menschen wäre
höchstes Glück nur die Karriere.
Und mancher erklimmt
ganz heimlich den Olymp.

Wenn ihn alle dort ganz oben
dann vergöttern und auch loben,
passiert stets eines von den drei'n.

Die Vergangenheit, die holt ihn ein.
Er erliegt dem Größenwahn.
Die „Stuhlbeinsäge" kam!

So ist es im Leben leider,
es gibt zu viele Neider.
Und ist der Gute noch so reich,
das Endergebnis ist stets gleich.

Noch hat er alle hinter sich,
wähnt sich als ein großes Licht
sinnbildlich am Himmel.

Dann zieht man ihn am Pimmel
alle Jahre wieder
auf die Erde nieder.

Alle Kasper der Nation
kennen dieses Schicksal schon.
Worüber mancher Muselmann
eigentlich nur schmunzeln kann!

November

Ein gelbbraunes Blatt
fällt vom Baume herab,
in segelnder Weise
und zieht ein paar Kreise.

Ich sehe Dich zieh'n.
Gestern warst Du noch grün
und nährtest den Baum.
Ich glaube kaum,
dass er Dich noch mag.
Darum warf er Dich ab,
herab in den Schmutz,
weil Du nichts mehr nutzt.

Nach Deiner Landung
kommt die Verwandlung
mit den Kollegen zu Mist
und dieser, der ist
die Nahrung für Blätter –
Donnerwetter!

Drum tschüss bis zum Mai.
Ich komm wieder vorbei
und geh' diesen Weg.
Es sei denn es geht
auch mir
so wie Dir.

Mai

Neue Blätter
schaukeln im Wetter
und schmücken
voller Entzücken
die Äste.

Fliegende Gäste
im Federkleid
kommen von weit,
spielen und singen
und bringen
Die Blätter zum Schwingen.
Man höret von Weitem
den Gesang sie begleiten.

Soeben gebor'n,
Hoffnung liegt vorn
und ist tausendmal schön.

Nun, Zeit – bleib stehn!

Zeit

Ein Geschenk der Natur
liegt rein und pur
auf unserm Weg
und wird belegt
mit allem Kram
von den Nachbarn.

Keiner sagt entzückt:
„Mit Dank zurück
die Zeit, die ich geliehen!"
Ihm sei verziehen.
Ich hielt es für richtig
und fühlte mich wichtig.

Doch merke ich nun
bei diesem Tun,
die Zeit, die mir bleibt,
ist nicht mehr weit.

Mein Zeit-Geiz wird groß
und ich schenke bloß
jede Minute
Dir und mir, meine Gute.

Auf allen Plätzen
soll die Zeit uns ergötzen
mit frohen Gedanken,
unser Herz wird uns danken
schon irgendwie
mit fröhlicher Harmonie.

Das Ruhekissen

Ein kleines Buch, schon ganz verschlissen,
steht hinter meinem Ruhekissen.
Auf dem Umschlag steht ein Gruß
„Briefe an Lucilius".

Und bevor die Nacht beginnt,
les' ich einen Brief geschwind
und erfahre wieder mal:
Ich bin sicher nicht normal.

Dann nehme ich, ich armer Tor,
mir die ganze Weisheit vor,
schlafe dann zufrieden ein
und träum, ein Philosoph zu sein.

Durch Hektik dann am anderen Tag
lässt die Weisheit wieder nach.

Doch ein Trost macht mir viel Mut.
Ich schlaf' seitdem sehr fest und gut.

Ärger

Manchmal fragt man sorgenvoll,
ob man sich nun ärgern soll,
weil ein andrer Ungemach
über meinen Kopf gebracht.

Doch seit erstem Januar
war bei mir kein Ärger da.

Ob ich mich ärger oder nicht,
bestimme letztlich immer ich!

Geheimnis

So manch „Kameraden"
hörte man sagen,
er wäre Dein „Freund",
der es gut mit Dir meint.

So manche „Lehrer"
verloren die „Hörer"
und die „Verehrer".

So manche „Schweiger"
starben leider
ganz leise
als „Weise".

So mancher „Feind",
weil es ein anderer meint,
blieb ungefragt
und wurde beklagt.

Man fragt in Scharen:
„Ob sie es waren?"

Menschenkenntnis

Meine kleine Base
erkennt Menschen an der Nase.

Und mein Cousin
erkennt sie am Kinn.

Der Leiter vom Chor
erkennt sie am Ohr.

Am Abdruck Deiner Finger
erkennt man krumme Dinger.

Und hinter einer hohen Stirn
vermutet mancher ein Gehirn.

Knigge

Knigge sagt uns, wie man isst,
wie man seine Freunde grüßt,
wie man küsst, wenn man verliebt,
wie man eine Party gibt …

Knigge hat für jeden Tag
einen klugen Rat parat.
Und so wurde dieser Knigge
manchem schon zur Lebenskrücke.

Knigge? Ja! Doch mit Humor
lass auch mal Dein Ich hervor.
Wie, Dein Ich hat ein paar Knicke?
Meines auch! Was soll's, na bitte!

Von Vollkommenheit befreit,
beneiden uns die andern Leut'!

Personal

Ein Schäfer hütet seine Herde
und dabei trifft er drei Zwerge.
Auf die Frage, wer sie seien,
sagt der eine von den dreien:
„Dass wir die Sieben Zwerge sind,
das weiß ja wohl ein jedes Kind!"

Erstaunt fragt er: „Ihr seid nur drei?"
„Ach ja, das ist vorbei.
Denn wir machten die Erfahrung
mit der Personaleinsparung!"

Guter Rat

Ein Eisenbahner wollt' in Meißen
voller Wut ins Gleis reinbeißen.
Sein Vorgesetzter aus Schöneiche
riet: „Beiß lieber in die Weiche!"

Reziprokes

Ein Gast, der trinkt 5 Bier, 5 Korn,
dann je 4 noch mal von vorn.
Danach 3 von dem Getränk,
dann werden 2 nur eingeschenkt.
Er lallt dann nach dem letzten Paar:
„Das ist aber sonderbar
… Je weniger und lauer,
umso blauer, umso blauer …"

Kunstverstand

Herr Meier mit viel Kunstverstand
im Kopf und Frauchen an der Hand
sieht auf einer Studienfahrt
einen Akt, unbekleidet, doch behaart.

Auf die Frage nach der Logik
schmunzelt er: „Symbolik!"

„Ach", sagt da seine Frau,
„das war ja auch so eine Sau!"

Singen

Singen muss man, darum nämlich:
Singen ist dem Lachen ähnlich.

Lachen regt das Zwerchfell an!
Wenn's Zwerchfell nun ins Schwingen kam,
kommt der olle Sauerstoff
sehr viel besser mit der Luft
in die aufgeblähten Lungen.
Beim Ausatmen wird dann gesungen!
Und die vielen Stimmbänder
zittern darum umso mehr.

Stimmband regt das Zwerchfell an,
damit das Zwerchfell schwingen kann …!

Somit ist der Kreis geschlossen
und man singt ganz unverdrossen.

Sauerstoff der dringt ins Blut,
darum geht's dem Sänger gut!
Das Blut schießt diesem in die Haut.
Er wird richtig aufgebaut.

Falsch atmen ist damit vorbei
und man singt sich frank und frei,
als hätte man die ganz Nacht
mit frohem Herzen laut gelacht.

Sicherlich sei nicht verhehlt:
Zwischendurch wird auch „geölt!"

Ja, das kann man immer machen,
nicht jeder Witz gibt so zu lachen!

Sollte wer das noch nicht wissen,
jeder Chor lässt herzlich grüßen
und lädt freundlich jeden ein,
wöchentlich dabei zu sein!

So wird die Seele blank geputzt.
Das ist des Sängers Eigennutz
und sein wohlverdienter Lohn!

Doch angelockt vom frohen Ton,
kommen die, die das nicht kennen,
oder Zwerchfelle, die pennen,
und spitzen ihre großen „Löffel!"

Darin befindet sich ein Klöppel,
der klöppelt mit des Sängers Takt.
So bekommt das Ohr was ab.

Das System, das ist vernetzt,
der Ton wird deshalb umgesetzt
und gelangt, das ist kein Scherz,
übers Gehirn bis in das Herz!

Das Herz schlägt voller Fröhlichkeit.
Die macht sich bis zum Zwerchfell breit …

Den Genuss, das ist der Geck,
erlebt der Hörer indirekt.
Und darum wird ein jeder Hörer
jedem Sänger zum Verehrer.

Nun vom Sänger einen Gruß.
Der hat es ja schon längst gewusst,
sein Genuss wird im Quadrat noch potenziert!

Jedem das, was ihm gebührt!

Darum und zu jeder Zeit
verbreitet sich die Fröhlichkeit.

Bei jedem Chor mit seinem Werk
ist der Missmut ausgesperrt.

Jedem Chor sei daher Dank.
Singen putzt die Seele blank!

Das Lebenswerk

Die Zeit, sie eilet Jahr für Jahr
und plötzlich ist man Jubilar.
Und weil man sich nicht wehren mag,
erlebt man einen Ehrentag.

Trotz der vielen grauen Haare
ist man Benjamin der Jubilare.
Und in den Knochen spürt man schon:
ein leiser Hauch von Pension.

All die Macken, die man hat,
vergessen heute alle glatt.
Und voll Staunen höret man,
was man tat und was man kann.

Was man vergaß und tat es nicht,
erscheint sogar im andern Licht.
Denn hätte man die Tat vollbracht,
fragt sich doch: „Was käm danach?"

Und mit Blick auf die Gebrechen
mag man gar nicht widersprechen.

Und ein Lorbeer-Ehrenkranz
bezeuget alles voll und ganz.
Und beteuert es aufs neu:
Den „Fans" war er so lange treu.
Und betont's besonders gütlich …

was blieb ihm denn auch andres übrig?

Gegen Lorbeer sich nun wehr'n,
die doch anderen gehör'n?

Höflichkeit ist heut geboten
und Widerspruch partout verboten!
Man darf doch auch mal etwas mausen?

Und im Frack beginnt ein Sausen!

Die eigne Frau, sie höret zu
und fragt erstaunt: „wie, das bist Du?"

Bescheiden sagt der Jubilar,
dass er ja nicht alleine war
bei der großen Lebenstat
und gibt vom Lob ein wenig ab.

Geheimnisvolles Wimpernheben
zeugt von einem zweiten Leben,
das der alltagsgraue Gatte
so ganz nebenbei noch hatte.

Die Gattin merkt nun voller Stolz:
„Er ist aus einem andern Holz!"

Manchmal trägt ein Jubiläum
die Ehe bis in das Museum!

Man wird gefeiert als ein Held.
Erhält ein wenig Schmerzensgeld.
Gibt dieses dann im gleichen Haus
dann wieder für die Feier aus.

Nun steht man da ganz hoch geehrt
und hofft, dass alles wirklich wird,
was man aus diesem Anlass hört.

Groß erscheint das Lebenswerk
und er hofft, dass man nichts merkt!

Die eigne Frau liegt ihm zu Füßen.

Potemkin, der lässt auch schön grüßen.

Die verschwiegene Mehrzahl

Die Zukunft hab ich schrecklich lieb,
weil es von ihr eine Mehrzahl gibt!

Doch selbst Duden hält's geheim
und trug die Mehrzahl auch nicht ein.
Und deshalb ist im ganzen Land
die Mehrzahl wohl ganz unbekannt.

Doch ich behaupte heute glatt,
dass jeder seine eig'ne hat.

These, Antithese, Synthese

So ganz nebenbei
traf ich gestern zwei,
die einem UFO entstiegen.
Ich sagte: „Hallo!"
Wer sie seien und so.
Sie sagten, sie bringen den Frieden.

Ich sagte betroffen:
„Seid ihr besoffen?
Die Menschen wollen nur Geld.
Sind sie ganz unten,
schimpfen sie auf die Lumpen,
sind sie oben, wollen sie die Welt!

Die Händler mit Waffen
jagen Euch wie die Affen.
Und vor zweitausend Jahr
kam schon mal so einer,
der war gleich im Eimer.
Auch Euch droht diese Gefahr!

‚Es braucht der Friede
unendlich viel Liebe!',
hat er damals gemeint.
Herzen, begossen
mit Gold, sind bitter verschlossen
und wittern überall den Feind.

Nun ging der ganz große
Feind in die Hose.
Vorbei ist diese Gefahr.

Viele kleine Gefahren
entstehen seit Jahren
und werden größer, als die größte es je war.

Es löst der Egoismus
Demokratie und Kommunismus
seit gestern gerade erst ab.
Es haben Tyrannen
gerade erst angefangen
und schaufeln der Liebe das Grab!

Politeia Buch neun
läutet Platon nun ein.
Und in den westlichen Ländern
meint man zufrieden:
Geld wird immer siegen
und wir brauchen nichts ändern.

Wenn ihr es gut mit uns meint,
bedroht uns als Feind.
Dann werden die Menschen sich einig!"
Und wie mir scheint,
haben beide geweint
und sagten: „Es ist uns sehr peinlich!"

Sie flogen davon
ohne ein Ton.
Ich habe im Stillen gewettet:
‚Kommen sie wieder,
die liebenden Brüder?'
Für heute sind sie gerettet.

...

Tyrannen begannen,
gebären Tyrannen,
ein jeder ward jedem Tyrann.
Ätzend verheerend,
die Liebe zerstörend.
Der letzte Glaube zerrann.

Es ging nicht gut,
sie bezahlten alle mit Blut.
Und in ihren Verstand
wurde Nächstenliebe
als Basis für Friede
jammervoll eingebrannt.

…

So ganz nebenbei
sah mein Urenkel zwei,
die einem UFO entstiegen.
Er sagte: „Hallo!"
Wer sie seien und so.
Sie sagten, sie bringen den Frieden.

„Wie es so geht,
ihr kommt leider zu spät.
Die Menschen haben ihn schon.
Nach unendlich viel Leid
in blutströmender Zeit
war dieses endlich ihr Lohn.

In tieftraurigen Jahren
mussten sie alles erfahren.
Sie haben vernarbte Herzen.
Es haben Friede und Liebe
keine schützende Wiege,
Werden geboren mit unsagbaren Schmerzen!"

Da sagten die beiden:
„Auch wir mussten das Leiden
auf unserem Planeten erleben.
Wir wollten diese Erfahrung
als Offenbarung
vor einhundert Jahren euch geben!"

„Dass ihr es gut mit uns meint,
glücksbringender Freund,
darin sind wir uns einig."
Und wie mir scheint,
hat mein Urenkel geweint:
„Meinen Vorfahren ist es sehr peinlich!"

Bewerten Sie dieses Buch auf unserer Homepage!

www.novumverlag.com

Der Autor

Lütte Peng wurde 1937 geboren. Er arbeitete als Ingenieur, ist verheiratet und hat einen Sohn. Seit seiner Kindheit schreibt er gerne Gedichte.

Der Verlag

„ *Wer aufhört
besser zu werden,
hat aufgehört
gut zu sein!*

Basierend auf diesem Motto ist es dem novum Verlag ein Anliegen neue Manuskripte aufzuspüren, zu veröffentlichen und deren Autoren langfristig zu fördern. Mittlerweile gilt der 1997 gegründete und mehrfach prämierte Verlag als Spezialist für Neuautoren in Deutschland, Österreich und der Schweiz.

Für jedes neue Manuskript wird innerhalb weniger Wochen eine kostenfreie, unverbindliche Lektorats-Prüfung erstellt.

Weitere Informationen zum Verlag und
seinen Büchern finden Sie im Internet unter:

w w w . n o v u m v e r l a g . c o m